رواية

الخيانة

د. جُمان الريحاني

رسم جُمان الريحاني

اهداء

جمان الريحاني

عندما نذكر مصطلح الخيانة فليس بالضرورة أننا نقصد الخيانة التي غالبا ما تتبادر غلى أذهاننا مباشرة بعد سماع كلمة خيانة.

فالخيانة على العموم لها مفاهيم عدة واستعمالات ومجالات كثيرة ومختلفة.

فالخيانة ليست الخيانة الزوجية فقط، كخيانة المرأة لزوجها، أو خيانة الرجل لزوجته، فهي لا تنحصر في كسر الرابط المقدس بين الزوجين.

وقد تتعدى إلى خيانة المعتقد والدين، فالخيانة بمفهومها الحقيقي هي أولاً خيانة النفس ثم خيانة المعتقدات والدين فخيانة المجتمع، إذا هي تخضع إلى ترتيب تصاعدي يبدأ من خيانة جزء ليصل إلى خيانة كل ،من ضرر شخصي إلى ضرر للغير، وهذا ما هو معاكس لمبدأ الحرية التي تتوقف عند حرية الآخرين.

إذن الخيانة هي تعدي على حقوق الآخر وانتهاك لحرمة ذاته وشخصه، ونموذج الخيانة في قصة اليوم هو ما يروي نفسه كالتالي ...

كان هناك إدارة شركة معينة تعمل في هذه الإدارة سيدة اسمها خلود ، أعلن في هذه الإدارة عن مسابقة لترقية الموظفين، وهذا الإعلان لا يشمل هذه السيدة.

ومن المهتمين بهذه المسابقة الموظفين في هذه الشركة هناك نوعان من الناس:

موظف اسمه بلال نبيل يعمل في مجال المحاسبة وزوجته جيهان تعمل في مكتب خاص بالعلاقات العامة.

ومع جيهان في نفس القسم ثلاث موظفات هن:

حليمة وهي موظفة غير ملتزمة متحررة ومبدأها (كل شيء يهون في سبيل الطموح) إن كان يوجد طموح فأهدافها في الحياة لا تتجاوز المأكل والمشرب واللباس

.

وهناك نعيمة ومريم وهاتان جديدتان على المؤسسة وهما صديقتان بنفس الطباع ونفس تركيبة المخ كأنهما مولودتان في ساعة شؤم واحدة.

نبيل:

أخيرا إعلان عن مسابقة توظيف بالخارج، قد يتحقق الحلم يا جيهان، ... أتصديق؟

جيهان:

الحمد لله، ندعو الله بالتوفيق للجميع

الصديقة:

أتمنى لكما كل الحظ والنجاح

تقدم الجميع بطلب على الإدارة للمشاركة في المسابقة، وفي يوم من الأيام وفي ساعة شاءت الصدف ان تكون تلك الساعة مغيّرةً لأحوال ومخسِّرةً لأموال ،ساعة لم تكن ساعة موعد وإنّما كانت خطةٌ على موقد .

سعد
ميهمان
بلال نبيل

في هذه الساعة بالذات اجتمعت كل من نعيمة ومريم عند حليمة التي كانت تحب السهر والحفلات والصولات والجولات،.

وكانت هذه الأخيرة تغيّر الأصدقاء كما تُغيِّرُ ملابس الأثرياء، بين ضحكات وسخرية وأحلام مغرية، تدخل نجمة الحفلة وخادمتها أي صديقتها إن صح القول أمال و فريال فهي صاحبة الرأس المدبِّر وصاحبة الأفكار

الشيطانية والتي تداعبها بلفظ أو بقولها خططي الجهنمية.

تعرفت أمال و فريال على نعيمة ومريم، وطبعاً ما توافق في الطباع فإنَّ حبَّه يسري في جسد الضعيف كالإدمان ويصعب عليه الإقلاع .

سهروا ولم يكفُّوا عن منٍّ وأذى حتى أصاب سهرتهم الملل، بدون ضحية تفرش أمامهم على المائدة الخماسية، وبين تأففاتٍ و تنهداتْ ،رنَّ هاتف حليمة والمتصل خلود موظفة الإدارة.

وبعد طول الاتِّصال، تتنهّد حليمة وتقول:

لقد مللت من أوراق المسابقات، فكل مسابقة فيها ملف طويل.

وهذا الملف أحس أنّه يأخذ من أجمل سنوات عمري ساعات ولحظات و ثولني ...أستطيع أن أمرح بها وتكون أكثر فائدة من هذه المعاملات.

فأنا لا أريد مسابقات ولا ترقيات ...

فلولاي لولا نفسي ونفسي و نفسي ما كنت تحصلت على هذه الوظيفة.

فليست المسألة مسألة شهادات ولا خبرات.

وإنَّما قفزات نوعيّات (حذاقة وشطارات) وضحكت ضحكة أتبعتها بقهقهة.

والمقصود أنَّها تبرز وتستعرض عضلاتها لمعزوماتها اللاتي ضحكن وغِرْنَ من كلامها.

فقالت مريم:

أنا تقدمت للمسابقة لأنَّ تلك السيدة جيهان التي لا تفقه شيئاً تقدَّمت،

وفقط لأورينها بأنَّني أحسن منها،

وأيضاً أريد أنْ آخذ مكانها فأنا أكرهها.

ردَّت عليها نعيمة:

وأنا أيضاً أمقتها فهي باردة جافة لا تحرك ساكنا، وزوجها طوع أمرها.

أنا حقاً أغار منهما.

ردَّت مريم:

نعم إنَّ بلال نبيل كأنها لم يرى امرأةً قبلها ولا بعدها، كأنَّه لا يرانا أمامه.

أيعقل هذا؟

أهو مصاب بالعمى أم ماذا؟

ففزعت أمال من بينهم وقالت:

بلال نبيل وجيهان ..

لا لا ..أنا أعرفهما ..

و فريال أيضا.

إنّ قصتهم قصة طويلة ..

وأضافت فريال:

تلك الحقيرة جيهان قد خطفت بلال نبيل من بين يدي أمال.

لقد كان حبهما حبّاً أسطوريّاً ولكنّها أخذته منها.

لا لا لم يكن حبا أسطوريا فقط

بل كان عشق حقيقي، وبلال كان يحب أمال كثيرا ولا يرى أمامه إلا هي وقد يرى وأمال كانت تمتلك قبله لقد كان يحبها والجميع يشهد على ذلك

ولكن تلك الحقيرة جيهان قد دخلت على الخط وأفسدت كل شيء، لقد خطفته منها

لم تكن فريال فقط تبالغ بل كانت تكذب وتزين الأكاذيب.

أصل الحكاية

وأصل الحكاية أن جيهان ابنة خالة بلال نبيل وكان الاثنان متواعدان على الزواج منذ الصغر.

وهذه العادة كانت موجودة في بعض المدن وأيضا لدى بعض العائلات التي تفضل أن يتزوج أبناؤهم من فتيات العائلة نفسها

فيختارون لهم منذ نعومة أظافرهم ومن يسير على ثقافة عائلته ومن لا يعترض على ذلك الأمر فانه يحقق

لهم رغبتهم ويتزوج بالفتاة التي تم اختيارها له من طرفه والدته أو والديه أو احدهما.

وقد كان بلال إحدى تلك الحالات ولأنه كان يعرف من عروسه منذ سن مبكرة.

ولأن بلال كان شابا مستقيما فلم يكن يتلاعب بمشاعر الفتيات ولم يكن يعير الفتيات أي اهتمام

بل قد كان يحب جيهان وكان مخلصا لها ولحبها

كما انه قد كان مقتنعا بها وبالزواج بها ولم يعترض على ذلك يوما.

وعندما أصبح في سن الشباب قد شعر بالحب لها وكان يراها فتاة أحلامه التي اختارتها له والدته والتي اختارها له القدر وأيضا فتاة أحلامه التي قلبه وعقله كانا مقتنعان بها.

لكن أمال حاولت معه طوال أربع سنوات الدراسة وكانت لا تجد إلاّ الصد منه، ورغم ذلك فهي لم تكن

سهلة. الاستسلام وكانت تتسلى مع هذا وذلك وتضع بلال هدفا لها لا تحيد عينيها عنه.

لقد كانت تلاحقه و ترغِّبُهُ فيها بمختلف الطرق وهو لا يلتفت إليها.

ولا يلتفت إليها، لأنّه يحب ابنة خالته حُبّاً طاهراً،ولا يرى ملاكا أمامه سواها فهي مؤدبة ومحترمة وحدودها لا تتجاوز احترام الآخرين، بينما أمال فهي متبرِّجة ومتحرِّرة.

تضحك مع هذا وتمزح مع ذاك ،تُلاعِبُ هذا وتُدَاعِبُ ذاك ،وبلال نبيل لم يتجاوز علاقته بها علاقة زميل بزميلته ،يحترمها من باب أخلاقه ،حتى أنّهُ لا يُكثِرُ الكلام معها ماعدا الجواب على سؤالٍ طُرِحْ، واختصارٍ للقيلِ والقالَ.

بين غيرة وأحقاد، شعورٍ بالفشل و انهزام.

انتفضت أمال وفزعت من مكانها.

وأصبحت الغرفة ضيقةٍ لا تُطيق احتضانها.

فأرعدت سماء أفكارها وأبرقت بنار الانتقام.

انتقاماً لعشقها المرفوض.

لكل ذلك الحب والهُيام ،الذي نَبَذَهُ بلال نبيل ولم يُولِيهِ أدنى اهتمام.

سارت أمال في الغرفة ذهاباً وإياباً،وكل واحدةٍ من الفتيات تغذِّي أحقادها بمفرداتٍ منتقاة، وأنواعٍ من الكلمات.

فجلست بخلاصة الأفكار، خطةٍ تعكس الليل بالنهار، والمحيطات إلى أنهار، لأنّها أمال، ولا يقف أمامها محال أبدا.

كانت الخطة كالآتي:

أن تقوم حليمة بدعوة خلود إلى بيتها في كامل السريّة

ولأسبابٍ خفيّة وبينما هي (خلود) تتناول القهوة أو الشاي، تصدفُ الصدف بمرور نعيمة ومريم على بيت حليمة بلا سابق إنذار أو موعدٍ محدّد كما يفعلن عادةٍ باستمرار.

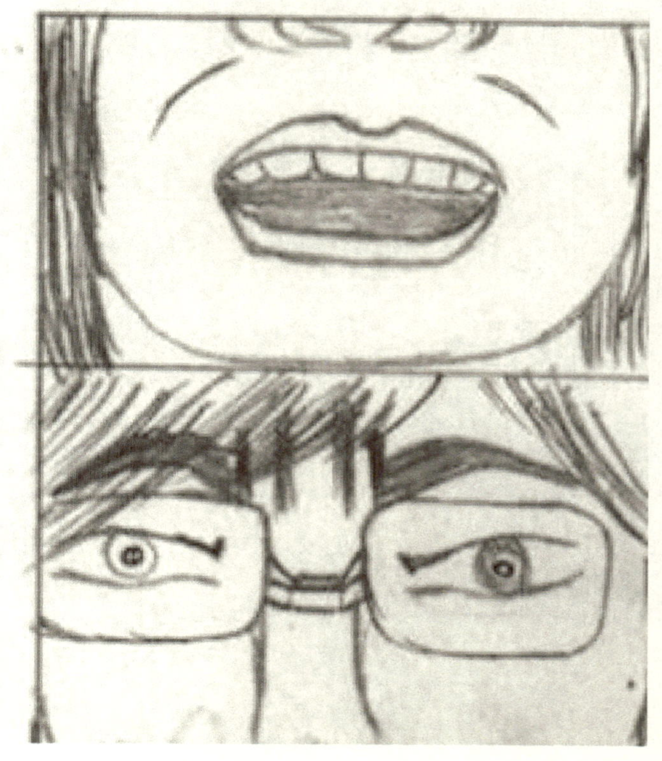

يتفاجئن بوجود خلود ثم تطلب مريم من حليمة اقتراض بعض النقود، وبين أخذٍ وردْ، مزاحٍ وجدْ،..... تبرق عينا خلود عندما ترى المبلغ الذي تقرضه حليمة لمريم دون اكتراث لهول المبلغ.

وكانت هذه اللعبة مقصودة لإفهامها أنّهنّ يَمْتَلِكْنَ المال الكثير ويَقْدِرْنَ على إحداث التغيير.

تتمنى خلود لو تصبح فردإ من هذه الشلّة ،وبعد خروج نعيمة ومريم اللاتي لعبن الدور بكلٍّ براعة ،فنعيمة تكثر من ارتداء الأساور الذهبية والأقراط اللامعة والماكياج الصارخ واللباس بألوان ساطعة.

وطبعا تحمل أجود أنواع الهواتف الذكيّة، وآخر الموديلات، وهي كثيرة الاتصالات، والاتصالات الواردة أكثر من تلك الصادرة، فهاتفها لا يتوقف عن الرنين، حتى أنّ رنّة هاتفها تدلُّ على سوء شخصيتها وقوتها.

فحتى الأغاني هي التي نسمعها أو نضعها نغمة الرنين لهواتفنا فهي تعبر عنا وعن شخصياتنا ولو بجزء بسيط كان أو كبير، فهي تعكس جزء من شخصية الشخص الذي يشغلها أو يسمعها.

أمّا مريم فإنّها تقترض النقود من أجل إكمال المبلغ الذي تحملهُ في حقيبة يدها.

وذلك لشراء ساعة مميزة، و لا يوجد في المحل سوى اثنتان فهي إذاً فرصةٌ لا تُعوّض علماً أن ثمنها يُعادل راتب خُلُود لشهرٍ ونصف.

بعد خروج الفتيات من عند حليمة تكون قد انطلتْ الخطة على خلود ورسِخَ في ذهنها كل ما هو ليس بالفعل موجود، أن السبب في دعوة حليمة لخلود هو رجاء خدمة منها.

وتتمثّل هذه الخدمة في إيهام خلود بأنّ حليمة تريد الوظيفة في الشركة الجديدة بشدّةٍ، لأنّهُ وكما يُقال سيتم دمج الشركة القديمة في شركة أجنبية، وسيكون مقر الشركة الجديدة في عاصمةٍ أخرى، علماً أنّه سيتم انتقاء الموظفين بعناية، ليصبحوا واجهةً للشركة القديمة وممثلين لجهدها ونجاحها عبر السنوات الماضية.

وطريقة اختيار الموظفين سيتم بمراحل:

التقدم للوظيفة والسيرة الذاتية ومقابلة لنيل الوظيفة،

المهم أنّ حليمة مستعدة لدفع المبلغ الذي تأمر به خلود وهي (حليمة) تلعب بيدها بما تبقى من أوراق نقدية من المبلغ الذي أقرضته لمريم .

صحيح أن خلود ليس بيدها حيلة ظاهريّاً ،ولكنّ طريق الشر يرسم لِنفسه مساراً، ويُكسِب صاحبة دهاء ، لقد سلبت الأوراق الخضراء والحمراء والبيضاء الألباب ،وسبّبَت لخلود الأسباب، وفتحت للخبث باب، وافقت خلود على الفور من دون تردد أو خوف ،حالِمةً بأن تُصبِح من الفريق وتنال ما يناله الرّفيق.

وعدتها حليمة بالكثير من الوعود الزائفة والأحاديث الكاذبة.

وأخبرتها بأنّه سينالها خيرٌ عظيم، أخذت خلود الشيء الذي أخذته، وغادرت بيت حليمة وهي كلها أحلام

وآمال.. بتحقيق الوعيد، ووصول الغد الذي يحمل في طيّاته المزيد.

بعد يومين من هذه الأحداث تتصِّل خلود بحليمة لتخبرها بأنها وجدت مصباح علاء الدين، فقد توصلت إلى رئيس اللّجنة الذي سيقوم باختيّار الموظفين.

وهو شخصٌ منحط قد يساوم على منصب من المناصب الثلاثة المطلوبة.

فرحت حليمة بالخبر السعيد، ولكن ليس هذا هو المغزى من الخطة بل هذه مجرَّد بداية التنفيذ، في الغد تلتقي حليمة بخلود وتأخذ كل المعلومات عن هذا الشخص.

وتدفع لها مبلغاً جديداً لتحفيزها على العمل معهم ومساعدتهم في تنفيذ خطتهم لتحطيم بلال نبيل وجيهان، وبعد ذلك تقترح عليها أن تساعد نعيمة ومريم أيضاً لنيل المناصب

وطبعاً حقها محفوظ.

المهم أن تضعهم على الطريق، وكل منهما مستعدِّة لدفع المبلغ الذي أعطته حليمة لخلود الضعف أو الضعفين،

فالمنصب يستحق التضحية ظاهريّاً.

ولكنّ خطة تدمير بلال نبيل وجيهان هي التي تستحق التضحية بكل شيء، فكل هذه الأموال المدفوعة هي من أمال.

وليست حليمة ونعيمة ومريم إلا ألعابٌ تحرِّكها أمال لتحقيق هدفها بالانتقام ولتطفئ نار الغيرة من جيهان وحب زوجها بلال نبيل لها، فبركان غضبها الهائج يندفع بالكره كالحمم.

لقد استفادت حليمة من وجود تلك الفتيات في خطتها لأنهم عناصر مساعدة جدا ولولا وجودهم لبرما عجزت عن تحقيقي خطتها وانجازها بنجاح.

لقد كان لديهما دور كبير في خطتها، فهما عناصر أساسية ومساعدة لها في نفس الوقت

أنهما كما كانت تقول مثل البصل الثوم وأهميتها في إعداد وجبة طعام لذيذة

فبالرغم من كون البصل والثوم لا يطاقان من ناحية الرائحة إلا أنهما من أهم العناصر التي تنطلقي بها لكي تقومي بطهو طعام جيد.

وبالرغم مما يؤثران به عليك وما يسببانه لك من أذية من رائحة ودموع في العينين إلا انك أن تحملتهما سوف تحصلين على نتيجة رائعة ومن صنع يديك.

فبعض الأمور تجبرك على وجودها لكي تصلي إلى أمور تطمحين إليها.

الخطة تقضي بتحطيم حلم بلال نبيل بالوظيفة له ولزوجته والهجرة إلى بلد آخر وتحطيم الحياة الزوجيّة المثالية التي يعيشها مع زوجته جيهان التي هي أشرف من الشرف.

ولكن بلال نبيل في الحقيقة قد عانى الكثير ليؤسس عائلته الصغيرة، فهو شخص عصامي بنا نفسه بنفسه.

درس و اجتهد وتخرّج و توظف، وبفضل جهده واجتهاده وعمله الدءوب أخذ العلاوات والترقيات، فعائلته فقيرة ومتوسطة الحال.

ولولا أن جيهان ابنة خالته وتعرف حقيقة ظروفه، ولحبّها الصادق له منذ الطفولة لما تحمَّلت المعاناة

معه، حتى أن أحوالهم الماديّة قد أثَّرت على نفسيتها الشيء الذي تسبَّب في تأخر الحمل عندها

فبعد إنجابها بهاء الذي يبلغ من العمر حاليّاً خمس سنوات ،لم توفق في الحمل ثانيّة رغم أنَّ كل الأطباء قد طمئنوها على حالتها الصحيّة،فكل شيء هو بإذن الله تعالى.

تأخذ حليمة المعلومات عن ذلك الشخص إلى أمال بأن تتصل به لتساومه على الوظيفة طبعا وكما هم معروف عنه فإنّه يستقبلها أحسن استقبال.

وعندما يعرف المقابل يضمن لها الوظيفة في الحال.

وفي حوار دار بين الاثنين

عادل:

ألو من معي؟

أمال:

ألو.. هل أنت السيد عادل؟

عادل:

نعم أنا السيد عادل فمن أنت؟

أمال:

ربما أنت لا تعرفني ولكن أنا أعرفك، أو بالأحرى أريد أن أتعرف عليك

عادل:

من أعطا لكي رقم هاتفي؟

وماذا تريدين؟

لو سمحت لأنه ليس لدي الكثير من الوقت

أمال:

أنا اسمي أمال

عادل:

نعم وماذا تريدين؟

أمال:

لقد حصلت على رقم هاتفك بصعوبة شديدة

عادل:

الهذه الدرجة تحتاجين رقم هاتفي ربما يكون الموضوع غاية في الخطورة لقد أثرت فضولي.

أمال:

نعم الأمر خطير جدا

عادل:

خير إن شاء الله

أمال:

خير.. خير

عادل:

اخبريني ما الأمر اذن

أمال:

اسمع لدي طلب وأتمنى أن تحققه لي انه أشبه بالأمنية

عادل:

أمنية وأنا يمكنني تحقيقها لكي

إن كان الأمر في يدي لن أتأخر أبدا

خاصة وانك تمتلكين صوتا ناعما جدا

أمال: (وقد جعلت صوتها أكثر نعمة وبمسكنة)

نعم أنا فتاة مسكينة

عادل:

مسكينة؟

أمال:

نعم مسكينة وليس لدي حظ في الدنيا

عادل:

يا خسارة ولما كل هذا

أمال:

ليس لدي حظ في تعاملي مع الناس خصوصا، رغم أن الدنيا قد أعطتني الكثير من المميزات

عادل:

أنا افهم كلامك كثيرات صادفتهن في حياتي يقولون مثل كلامك، ولكن ماذا تقصدين بالمميزات

أمال:

المميزات، أنا اقصد بان الحياة كانت كريمة معي فأنا أكثر حظا من الكثيرات لأنني أمتلك الكثير من الأمور الجميلة

عادل:

هل تقصدين مثل اسمك الجميل وصوتك الجميل

أمال:

نعم فانا لدي وجه جميل وجسد جميل جدا

السيد عادل:

ربما أنا لا يمكنني أن اجزم لأنني لا أراك بل اسمع صوتك فقط

أمال:

لا... أنا لا امزح أنا اقسم لك بأنني جميلة جدا

السيد عادل:

الجمال يختلف حسب رأي الناس فليس ما ترينه أنت جميلا قد يعجبني والعكس صحيح

أمال:

كيف أقنعك بأنني جميلة اذن؟

السيد عادل:

يجب أن أراك لكي أوافقك الرأي أو اختلف معك، حتى وإنني اعتقد بأنني لن أختلف معك لأنه من صوتك ربما تكونين جميلة جدا

أمال:

أنا جميلة جدا وربما أقنعك بجمالي أكثر إن التقينا

السيد عادل:

هل توافقين على اللقاء اذن

أمال:

وماذا عن أمنيتي؟

السيد عادل:

لقد أخبرتك بأنها تحققت إن كان الأمر في يدي طبعا

أمال:

انه في يدك وفي مقدرتك إن تحقق حلي أنا اعرف ذلك

السيد عادل:

وما هي الأمنية؟

أمال:

أريد أن احصل على إحدى الوظائف التي في المسابقة؟

السيد عادل:

هذا فقط، من اجل صوتك أنت فزت في المسابقة ان كنت قد استوفيت كافة الشروط

أمال:

هل هناك شروط وان تلك الرأي الأول والأخير في المسابقة

السيد عادل:

نعم من الشروط أن تكوني موظفة في الشركة

أمال:

لا تقلق أنا موظفة

السيد عادل:

ولكن لم يسبق أن سمعت هذا الصوت الجميل

أمال:

وسوف تنبهر عندما تراني

السيد عادل:

ومتى أراكي

أمال:

في اقرب الآجال اليوم

السيد عادل:

هل أنت مستعدة كامل الاستعداد

أمال:

نعم ولن ينقصك شيء.

بقيت وظيفتان اثنتان يجب أن لا يبقى مكان شاغر لا لبلال نبيل ولا لجيهان، تدفع نعيمة ومريم لخلود التي تدرس الموضوع بكل روية.

لتجد لهما مخرجا مغايراً عن الأول.

تنشأ علاقة صداقة بين حليمة وذلك الشخص فتقوم بدعوته إلى شقتها تحت طلب من أمال لكي تتعرَّف عليه عن طريقها.

فيسألها إن كان يستطيع إحضار صديق له عندما عرف انه عندها صديقاتها.

يجتمع السيد عادل وصديقه كمال مع فريال وأمال في بيت حليمة.

فتسأله حليمة إن كان يستطيع أن يوظف صديقاتها نعيمة ومريم، فتقول:

لدي طلب با عادل

السيد عادل:

وما هو؟

تفضلي ولا تستحي

حليمة:

حسنا

الطلب هو وظيفة ولكن ليست لي

السيد عادل:

لمن إذن؟

حليمة:

لصديقتاي

السيد عادل:

لا مشكلة، ولكن ...

حليمة:

ولكن ماذا؟

رجاء يا سيد عادل، لا تخذلني

السيد عادل:

لا الأمر ليس هكذا

حليمة:

ماذا إذن؟

السيد عادل:

أنا فقط أريد أن أراهما

فهل يجوز أن أوظف شخصا لم أره سابقا

حليمة:

وهي تضحك بقهقهة

ههها .. فقط هذا... لقد أخفتني

السيد عادل:

ولكنَّ لن استطيع توظيفهما بل أقدر أن أجد لهما عملاً في أيِّ مكان آخر يريدانه..

حليمة:

حقا..

السيد عادل:

هل تعلمين أمراً؟

حليمة:

ماذا؟

السيد عادل:

لقد أصبحت هذه المسألة حسَّاسة بعد أن وظفتك أنت

لقد ضمنت لك مكانا بين الوظائف الثلاثة الشاغرة.

قبلته وشكرته كثيرا، ولكنها لا زالت تفكر في الأمر،
ولن تدعه يمر بسلام.

ولكن لشدَّة إصرار كل الفتيات من أمال و فريال وحليمة على السيد عادل لكي يجد لهن حلاً وهم في سهرة ميلة، قد يفيد وهو أن يقوم بدعوة أحد أفراد اللجنة، الذي قد يسمع منهم ويقتنع بأنها أهل للوظيفة.

فهو يعرفه حقَّ المعرفة وقد يأخذ بكلامه، ولكن طبعاً إن وُضِع في الصورة، أي إن أصبح واحداً منهم، وبعد أن سرت الفتيات بكلام السيد عادل طلبن منه الاتصال بصديقه على الفور فهن لا يمانعن إضافة شخص آخر إلى شلة الأنس.

يكلِّم السيد عادل صديقه في الهاتف ويدعوه إلى السهرة التي كانت قد بدأت منذ فترة.

تصل نعيمة ومريم وبمجرد دخولهما يتفاجأ السيد عادل بدخول نعيمة المبهر والملفت للنظر، فيهمس في أذن أمال ويقول:

نعيمة قد تحصَّلت على الوظيفة.

وكيف لا تُوظف مثلها.

فمن أفضل منها.

فوحق السماء لا توجد من هي اجمل منها لكي تشغل ذلك المنصب.

60

في سهرةٍ دامت إلى الصباح، تحطمت أحلام بلال نبيل وزوجته بالوظائف والهجرة، ولكن أمال لم يطمئن بالها بعد فقد بقيت وظيفة،

وتحصِّلت صديقتاها على وظيفتين، وقد يتحصَّل بلال نبيل أو زوجته جيهان على المنصب المتبقي، هنا تآكل قلبها الحقد، رغم الضحك والسهر والانبساط.

إلا أن الفكرة لا تفارق خيالها وتفكيرها وما إن أصبح الصباح حتى خرجت بفكرةٍ جهنمية وهي أن طلبت من السيد عادل أن يحاول مع لجنة التحكيم

وقد بقي فيها شخص واحد ليس معهم لإقناعهم بإعطاء الوظيفة لجيهان زوجة بلال نبيل بدلا من زوجها وذلك لأنها لن تقدر على ترك زوجها وابنتها وبيتها والسفر من اجل الوظيفة.

ولكن ليست هذه هي الخطة فالهدف مغاير عما يظهر.

وبعد أن تحصَّلت جيهان على الوظيفة، صدمت هي وزوجها من النتيجة السلبية.

نعم لقد كانت بالنسب إليهم النتيجة سلبية لأن بلال هو من كان يطمح بذلك المنصب ولم يتوقعا أبدا أن تحصل عليه جهان.

فبلال لم يعتقد للحظة واحدة بأنَّه لن يأخذ إحدى تلك الوظائف.

وبين حيرةٍ وتفكير فيما يجب القيام به بين قبول زوجته للوظيفة واستحالة سفرها لوحدها وبين حسرته على حُلمه الذي ظنَّ أنَّه تحقق.

طلب بلال نبيل من زوجته أن تذهب لاستلام مهامها وعملها في الشركة.

وأن تطلب مهلةً للتفكير.

عندما كانت جيهان متوجهة إلى المقر المشترك بين الشركتين لتحقق طلب زوجها، وبينما هي في الطريق إلى السيد عادل الذي طلب منها الحضور إلى هذا المكان بالذات، ولم تكن هذه إلا خطوة من تسلسل خطوات خطة أمال التي كانت في المكتب في نفس الوقت.

وقد أحضرت معها كاميرا وقام بتركيبها لها اختصاصي في هذا المجال في مكتب السيد عادل مع علمه، واختبأت في غرفةٍ مجاورة لتشاهد ما سيحصل.

فقد طلبت من السيد عادل أن يتقرَّب من جيهان وهم يقومون بتصوير هذا المشهد، ليدمِّروا به حياة بلال نبيل الزوجية ويطعنوا زوجته في شرفها، لتبرهن أمال لبلال نبيل أن الكل قادر على الخيانة، وبأن جيهان ليست أحسن منها أبداً.

لقد كانت خطة جهنمية تنبع من حقد دفين وغيرة شديدة.

وعندما كانت جيهان في الطريق واقتربت من مقر الشركة وهي تمشي على رجليها رأت منظراً لم يعجبها، رأت طفلاً لم يتجاوز عمره العشر سنوات فقير يلبس ملابس بالية وممزقة، يجر عربة يحمل فيها الخبز اليابس.

ويقف على باب محل للأكل السريع، يأخذ الخبز منه فتوقفت سيارة فخمة بها رجل بدين وابنه ابن الستة عشر سنة يقوم بقيادة السيارة.

فيصرخ الرجل البدين على الطفل الفقير وينهره ويأمره بأن يبتعد عن الطريق ،

ثم ومن شدة خوف الطفل الصغير يرجع بالعربة إلى الوراء ،فتنكسر العجلة ولا يستطيع إبعادها عن الطريق.

اسرعت إليه جيهان لتساعده فهو في وسط الطريق والسيارات تمر بسرعة ،

تحاول أن تجرَّ معه العربة بصعوبة ،فيساعدهم رجل كان مارا من ذلك الطريق ،وهي قلبها يخفق بشدَّةٍ .

فلم تنتبه أين تضع رجليها، وكادت أن تصدمها سيارة،
فإذا بها يضع رجلها على شيء يزحلقها فتقع على
الأرض وتكسر رجلها.

وهكذا قد أسعفها الرجل الذي أخافها ببوق سيارته
(الذي كاد أن يصدمها) وأخذها إلى المستشفى فورا.

في هذه الأثناء يجد بلال نبيل في صندوق البريد رسالةً
من دولة أجنبية، كان قد أرسل لشركةٍ فيها طلبا للبحث
عن عمل، وقد جاءه الرد من عندهم.

ولم يفتح الرسالة بعد ليرى الجواب ،فيرن الهاتف وهو متوجه إلى شقته ليقرأ الرسالة، فيرد على الهاتف إذا به من المستشفى يبلغونه بوجود زوجته فيها ،فيضع الرسالة في جيبه ويسرع بنزول السلالم ليذهب إلى زوجته ويطمئن عليها، ويرى ما حدث لها.

تأخرت جيهان على موعدها في الشركة فملَّ السيد عادل وأمال من الانتظار فجاءت أمال وجلست معه في المكتب، لتقنعه بالانتظار قليلا لعلَّها تأتي.

أما هو فيريد الانصراف، ولم يعد يريد الاشتراك في هذه اللعبة ،فقامت بإقناعه أمال بكل الوسائل لإتمام الخطة ولتخرب بيت جيهان ،ونسيت أمال أن الكاميرا تقوم بالتسجيل.

ثم رنَّ هاتفها فانصرفت في عجلةٍ من أمرها تاركةً السيد عادل وراءها، والذي اكتشف أن أمال قد قامت بتصوير نفسها في الشريط الذي كان يجب أن تصوِّر فيه جيهان ،كما تدين تدان، وقال بضحك وسخرية:

74

"من حفر حفرةً لأخيه وقع فيها ".

وصلتِ لأمال رسالة على هاتفها النقال ،وكانت تتضمن فيديو فاضح تظهر فيه بشكل سيء من السيد عادل ،فخافت ورجعت إليه على الفور ،لكنَّ الحارس منعها من دخول الشركة وذلك طلبا من السيد عادل.

أمال:

رجاء أيها الحارس دعني ادخل، أنا اعلم أن سيدك بالداخل

الحارس:

لقد أخبرتك بأنه ليس هنا

أمال:

أنا اعلم انه بالداخل

الحارس:

رجاء ابتعدي لن اسمح لك بالدخول

أمـال:

ولما لا

الحارس:

ليس لدي معلومات

أمـال:

هل أمرك سيدك بان تمنعني من الدخول

الحارس:

سيدتي انصرفي رجاء، ليس لدي ما أقوله لك

أمـال:

لما لا تخبرني الحقيقة

الحارس:

كل ما اعرفه بأنه غير مسموح لك بالدخول لا اليوم
ولا في أي يوم أخر لذا لا تعودي

أمال:

أنا اعلم أن سيدك هو من آمرك بفعل هذا، اخبره بأنني سوف أعود.

الحارس:

سوف أخبره والآن انصرفي رجاء

انصرفت أمال واتصلت على السيد عادل، كلَّمته واتصلت عليه مراراً وتكراراً، لكنَّه لم يرد على اتصالاتها.

عندما وصل بلال نبيل إلى المستشفى وجد زوجته وقد وُضِعَت لها جبيرة على رجلها المكسورة، وأنَّها بحال أفضل، ولكن الخبر الذي لم تعرفه جيهان بعد هي أن التحاليل تُخبر بأن جيهان حامل.

وعمر الجنين شهران.

فرح الزوجان، ولم يصدِّقا هذه السعادة الغامرة، فأخذ زوجته إلى البيت، وطلب منها أن تأخذ إجازة مرضية لتبقى في البيت، ثم تذكَّر الرسالة وما إن فتحها حتى وجد نفسه قد تحصَّل على الوظيفة ويستطيع اصطحاب زوجته معه، ففرح وأخبر زوجته بأن الولد الجديد قد أحضر رزقه معه.

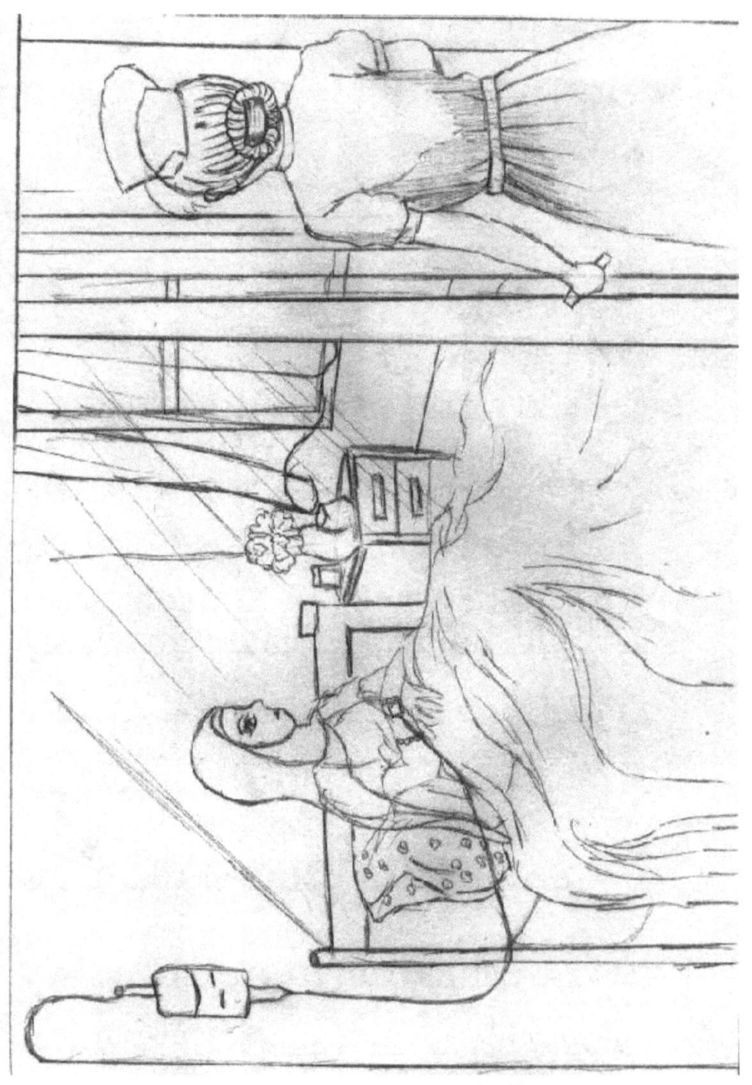

أما نعيمة فقد عرَّفها السيد كمال صديق السيد عادل على شخص آخر بعد أن رآها برفقته، فذهبت معه إلى بلاد أجنبية في رحلةٍ

ولكنها لم تكن تعلم أنه مصاب بمرض معدي، وبعد مرور أيام معدودات من السياحة والتجوال، تعرَّف على غيرها،

فقام بإرسالها إلى بيتها مع تذكرة السفر لا غير.

وهو يعلم حقيقة مرضه، وهكذا تحصَّلت نعيمة على جزاء لاعتدائها على حقوق غيرها، وما إن تعرف حالتها فإنَّها لن تملك إلا أن تتعايش مع ذلك المرض،

الذي ليس له دواء، مهما فعلت أو تفعل، فلن تجد له حل، ولن تكفيها أموال، أو غيرها لتتخلَّص منه.

مريم

توفيت والدة مريم التي لم ترها منذ أكثر من ثلاث سنوات، فهي لا تعرف صلة الرحم، لها أم تعيش في دار العجزة.

لأنها لا تريد أن تعتني بها، وقد راودتها عنها أحلام كثيرة خلال الأيام القليلة الماضية، فأحسَّت بعذاب وتأنيب الضمير.

وأسرعت في سيارتها لتودع أمها قبل دفنها فاستبدلها الألم، ولم تستطع لذلك الوجع المفاجئ الذي لم تكن تعلم أنَّه قد ينبع منها.

ولإسراعها بسيارتها تعرَّضت لحادث سير مع شاحنة كبيرة فتحطمت سيارتها، أمَّا هي فقد شُلَّت ووُضِعت في ملجأ لأنه لا أحد يعرفها أو من أقاربها يقدر على الاعتناء بها، ولم يعد لها جمال ينفع.

أمال

بعد أيام يقوم السيد عادل بالاتصال بأمال ويطلب مقابلتها.

وهي لا تتردد لثانية، فتسرع إليه، لتجده يجلس مع صديق له، فهو يبحث عن فتاة بجمالها ومواصفاتها، والخدمة هي أن تأخذ في سيارتها بضاعة مهرَّبة من بلد إلى بلد.

ولكونها جميلة وأنيقة فإنَّها لن يكون عليها خطر ولن تكون عليها الرقابة شديدة.

ويجب أن تقوم بقيادة سيارتها لمسافة طويلة، كادت أن
ترفض ولكنَّه هدَّدها بشريط الفيديو، ولم تجد حلا إلاَّ
الموافقة.

وذلك لأن هذه الصفقة بملايين الدولارات، وللسيد
عادل عمولة كبيرة.

أمَّا هي فستحصل على شريط الفيديو وكذلك على مبلغ
من المال لتعيش به برفاهية بالغة .

في اليوم الموعود سافرت أمال بتلك البضاعة وقطعت مسافة كبيرة، وعندما لم يبق لها إلاً الكثير جاءت إخبارية إلى الشرطة مفادها تفتيش كل السيارات التي بنفس نوع سيارة أمال، وألقي القبض عليها، أودعت أمال السجن وحكم عليها بالمؤبد .

حليمة..

وفي يوم من الأيام نزلت حليمة من سيارة السيد كمال وبعد انطلاق السيارة، قام شخص بطعن حليمة بخنجر حاد.

وكان هذا الرجل هو صديقها السابق، فقد كانت كثيرة الأصدقاء.

ولكن هذا بالذات أحس بجرح بليغ، ولم يقدر على أن يغفر لها لأنها لعبت بمشاعره وعواطفه، رسمت له صورة لم تكن حقيقية، وبسببها أدمن على الكحول

وأصبح إنساناً غير سوي، فقد حطَّمته، حطَّمت كيانه و وجدانه، حطَّمت حياته وأحلامه.

سلبته الماضي والحاضر وسرقت مستقبله، ليست هي ضحيته بل هو ضحيتها.

لقد توفيت حليمة في الحال، ولم تصل حتى إلى المستشفى، أما هو فقد ألقي به في السجن.

هنا تجد محل
المرحومة
خديجة الأمينة

خلود..

أمَّا بالنسبة لخلود فلم تتعض مما سمعته عن شلتها التي كانت شلة حلمها،.

بل سخرت من أخطائهم، وكانت تعتقد أن عملها في الرشوة.

لا خطورة منه إلى أن وقعت في أحد الأيام في خطأ كلَّفها عملها، فخسرت عملها وسمعتها، وقضت على حياتها الاجتماعية والمهنية.

لقد دمرت نفسها بنفسها ولم تتعض من أخطاء صديقاتها ولا من الماضي بل أمعنت في الخطأ والطغيان وانغمست في المحظورات حتى قضت على نفسها.

بلال وجهان

سافر بلال نبيل وزوجته جيهان وابنتهما هبة إلى تلك البلاد الأجنبية، وتحصَّل على عمل جديد وحقق حلمه بالهجرة.

وأنجبت جيهان فتاة جميلة تشبه أمها وأخذت من والدها عيناه واسمه، فقد أسمتها جيهان نبيلة على والدها، ولأن الاسم يمثل النبل فليس هناك أحسن من الأخلاق الحميدة والسير وفق نور الهداية والحق والعدل.

وعدم أذية الناس، ولا خيانتهم، ولا خيانة مبادئنا ولا ديننا ولا معتقداتنا.

ولا خيانة أنفسنا، فإنَّ صيانة أنفسنا هي صيانة للناس،
وخيانة النفس تؤدي إلى خيانة الناس، فخيانة المجتمع
وهنا لن يصوننا المجتمع.

والنبل أخلاق وأفعال، وما أصعب خيانة الأمانة سواء بيننا وبين أنفسنا، أو أهلنا، أو أصدقائنا، أو زملائنا، أو في الإدارة أو العمل، أو بين الناس في المجتمع بصفة عامة.

خيانة جزء تؤدي إلى خيانة الكل، وخيانة الكل تتضمن خيانة الجزء.

فريال لم يكن لها دور بالأهمية التي للآخرين فهي مجرد خادمة وتابعة لأمال، كانت موجودة في السهرة في تلك الليلة، وهي مدمنة على نوع من المخدرات، ومصيرها مجهول.

ولكن أمامها خياران.

قد تصلح من حالها وتتوب وتعالج نفسها من الإدمان، وترجع إلى الطريق المستقيم.

وقد تجني على نفسها وتخسر حياتها للأبد.

Sommaire